De Heiliche Owend

The Night before Christmas

De Heiliche Owend

The Night before Christmas

Zweisprachige Ausgabe: Pfälzisch und Englisch

Englisch von Henry Livingston, Jr. (oder Clement C. Moore)
Pfälzisch von Walter Sauer

Illustriert von Thomas Nast

Edition Tintenfaß

69239 Neckarsteinach
Tel. / Fax: 49-62 29-23 22
www.verlag-tintenfass.de
info@verlag-tintenfass.de

Satz: Philipp J. Sauer

Druck: Danuvia Druckhaus Neuburg GmbH

ISBN 3-937467-23-8

A Visit from St Nicholas

Illustrated by Thos Nast

Pfälzisch und Englisch

'Twas the night before Christmas,
when all through the house
Not a creature was stirring,
not even a mouse;
The stockings were hung by the chimney with care,
In hopes that St. Nicholas soon would be there;
The children were nestled all snug in their beds,
While visions of sugar-plums danced in their heads;

S war am Heiliche Owend, wo nachts drin im Haus
Kän Mensch sich geregt hot, kä Dier un kä Maus.
Am Kamin hänge Strimp, grad so wie sichs gheert,
Damit aa de Belsniggel die Kinner gut bscheert.
Die Kläne, die ware all friedlich im Bett
Un hawwe geträumt, was so jedes gern hätt.

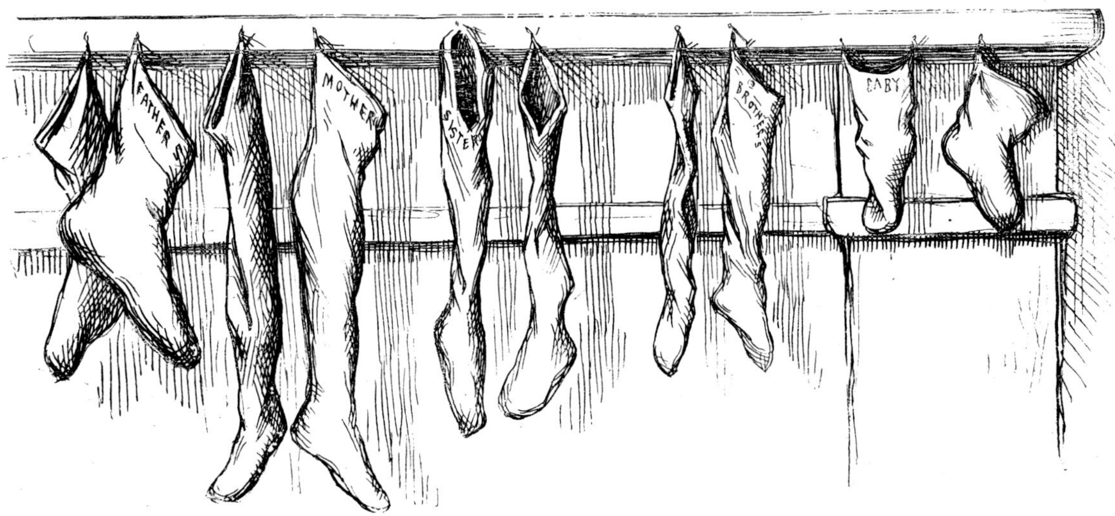

And mamma in her kerchief and I in my cap,
Had just settled down for a long winter's nap,
When out on the lawn there arose such a clatter,
I sprang from my bed to see what was the matter.
Away to the window I flew like a flash,
Tore open the shutters and threw up the sash.
The moon on the breast of the new-fallen snow
Gave the luster of midday to objects below,
When, what to my wondering eyes should appear,
But a miniature sleigh, and eight tiny reindeer,
With a little old driver, so lively and quick,
I knew in a moment it must be St. Nick.

Die Mamme un ich ware schlofe schun gange
Un hawwe grad ordntlich zu schnarche aagfange,
Do heer ich uf äämol im Garde e Jachd,
Spring raus ausm Bett un guck, wer des macht.
So schnell wie's nor geht sterz ich niwwer ans Fenschder.
Die Läde uf hordich! Ich glaab ich seh Gspenschder!
De Mond scheint so grell uf de frisch gfallne Schnee –
Wie am hellichde Daach, so silwrich un schää.
Ich reib mer die Aache! Was kummtn do gfloche?
En winzicher Schlidde von acht Herschlin gezoche.
Mit me kläne alde Fuhrmann – do denk ich mer glei:
Des kann eintlich bloß de Belzniggel sei.

More rapid than eagles his coursers they came,
And he whistled, and shouted, and called them by name—
"Now, Dasher! now, Dancer! now, Prancer and Vixen!
On, Comet, on! Cupid on! Dunder and Blitzen!
To the top of the porch, to the top of the wall!
Now, dash away, dash away, dash away all!"
As dry leaves that before the wild hurricane fly,
When they meet with an obstacle, mount to the sky,
So, up to the housetop the coursers they flew, / With the sleigh full of toys and St. Nicholas too.
And then in a twinkling I heard on the roof, / The prancing and pawing of each little hoof;
As I drew in my head, and was turning around, / Down the chimney St. Nicholas came with a bound.
He was dressed all in fur, from his head to his foot, / And his clothes were all tarnished with ashes and soot.

Noch schneller wie Adler kumme die dorch die Luft,
Un ich heer, wie mit Name er jeden Hersch ruft:
»Hü, Raser! Hü, Danzknopp! Hü, Schlappmaul un Flitzer,
Los Stromer, los Schätzel, los Dunner un Blitzer.
Als nuf uf die Mauer mit Tembarament,
Un dabbersche vorwärts, so schnell wie er kännt!«
Wie Laab beim Gewidder zum Himmel nuf fliegt,
Wann als uf seim Weg so e Hinnernis liggt,
So sin se ufs Dach nuf die Dierlin im Nu
Mit ihrm Schlidde voll Spielsach – un em Niggel dezu.
Un glei druf heer ich drowwe e Schärre un Krach.
Ha! Des ware de Herschlin ihr Huf uf moim Dach.
Wie ich mich umdreh – ich war jetz butzmunner –
Do kummt schun de Niggel de Schornstää erunner.
Bloß Belz hot er aaghabt vum Kopp bis zum Fuß,
Un sei Kleeder ganz dreggig vun Asch und vun Ruß.

A bundle of toys he had flung on his back,
And he looked like a pedlar just opening his pack;
His eyes how they twinkled! his dimples how merry—
His cheeks were like roses, his nose like a cherry;
His droll little mouth was drawn up like a bow,
And the beard on his chin was as white as the snow!
The stump of a pipe he held tight in his teeth,
And the smoke, it encircled his head like a wreath.
He had a broad face and a little round belly,
That shook, when he laughed, like a bowl full of jelly.
He was chubby and plump—a right jolly old elf;
And I laughed when I saw him in spite of myself;
A wink of his eye, and a twist of his head,
Soon gave me to know I had nothing to dread.

En Rucksack voll Spielzeig hot er ufm Buggel getraache;
Fascht wie en Hausierer, des kann ich eich saache.
Sei Aache die blitze wie bei me schelmische Bu
Mit rosane Bagge un re Kärschenaas dezu.
Sei Mailche ganz luschdig, er lächelt so schää,
Un sein Vollbart un Schnorres sin weiß wie de Schnee.
Er zieht an seim Peifche – un was fer en Klowe! –,
Wo Ringlin pafft, zwische die Zäh logger gschowe.
E ganz breedes Gsicht un e Baichel fascht rund,
Des schwabbelt beim Lache wie Budding e Pund.
E freindliches Kerlche mit me Bauch wie en Balle;
Des macht mich fascht lache, so dut er mer gfalle.
Er schiddelt de Kopp un blinzelt mer zu,
Do weeß ich sofort: Der loßt mich in Ruh.

He spoke not a word, but went straight to his work,
And filled all the stockings; then turned with a jerk,
And laying his finger aside of his nose,
And giving a nod, up the chimney he rose.
He sprang to his sleigh, to his team gave a whistle,
And away they all flew like the down of a thistle;

Kä Wort sacht er dann, fangt sei Ärwet glei aa,
Stoppt s Sach in die Strimp, nix geht newedraa.
Dann reibt er sich s Näsel un dreht sich ganz fix,
Nickt äämol – un ab dorch de Schornstää wie nix.
Er steigt in soin Schlidde, peift äämol seim Gspann,
Un ab dann zum nägschde so schnell, wie er kann.

W
N
E

But I heard him exclaim,
ere he drove out of sight,

»Merry Christmas to all,
and to all a good night!«

Un ich seh en noch winke
un heer, wie er sacht:

»Frohi Woihnacht eich all!
Machts gut! Un gut Nacht!«

Nachwort

„The Night before Christmas" ist das bekannteste englische Weihnachtsgedicht. Unter dem Titel „Account of a Visit from St. Nicholas" erschien es erstmals am 23. Dezember 1823 in der Tageszeitung „Sentinel" der Stadt Troy im amerikanischen Bundesstaat New York. Mit seinem Gedicht begründete der anonyme Verfasser eine eigene amerikanischen Weihnachtstradition, die verschiedene Elemente europäischer, besonders holländischer, Herkunft aufnahm, sie mit dichterischer Fantasie anreicherte und sie zu einem eigenständigen Mythos typisch amerikanischer Prägung verwob. In den letzten Jahrzehnten haben die darin festgeschriebenen Vorstellungen von Weihnachten die ganze Welt erobert: am Kamin aufgehängte Socken, der Weihnachtsmann, der an Heiligabend in einem von acht Rentieren gezogenen Schlitten voller Geschenke durch die Lüfte eilt und durch den Schornstein ins Haus kommt, um die Socken zu füllen, Santa Claus mit rosigen Backen und roter Nase, im Pelz, mit Pfeife, stattlichem Bäuchlein und einem gutmütigen Lächeln. Sie alle verdanken ihre Herkunft eigentlich diesem Gedicht.

Doch wem verdanken wir das Gedicht selbst? Als Verfasser wurde seit langem Clement Clarke Moore (1779–1863), Professor am New Yorker „General Theological Seminary", genannt, der sich später selbst zu dem Gedicht bekannte und es 1844 auch in einen Band seiner gesammelten Gedichte aufnahm. Neuere Erkenntnisse belegen jedoch, daß nicht Moore, sondern mit großer Wahrscheinlichkeit ein gewisser Major Henry Livingston, Jr. (1748–1828) aus Poughkeepsie, New York das Gedicht für seine eigenen Kinder gedichtet hat.

Aus den zahlreichen Illustrationen des Gedichtes haben wir die wahrhaft klassischen Bilder gewählt, die Thomas Nast 1869 für eine Ausgabe des Verlages McLoughlin Brothers, New York schuf. Mit über 3000 Illlustrationen und Karikaturen, darunter die des so bekannten Elefanten und Esels als Wahrzeichen der Republikanischen bzw. Demokratischen Partei der USA, gilt er zu Recht als der größte Buchillustrator und Karikaturist Amerikas im 19. Jahrhundert. Seine Bilder, hier aus einem frühen Farbdruck wiedergegeben, trugen wesentlich dazu bei, die amerikanischen Vorstellungen vom Santa Claus zu popularisieren. Nast wurde 1840 in Landau in der Pfalz geboren und kam als Sechsjähriger nach Amerika. Seine überaus erfolgreichen Karriere endete 1902 mit dem Tod an Gelbfieber in Guayaquil, Ekuador.

„The Night before Christmas" existiert in Dutzenden von Übersetzungen und Parodien, darunter eine besonders gelungene Version (1947) auf deutsch von Erich Kästner (vgl. ISBN 3-937467-21-1). Die hier vorgelegte pfälzische Fassung ist die erste Übertragung in einen deutschen Dialekt. Sie erscheint gleichzeitig mit einer Übersetzung ins Wienerische von Hans Werner Sokop (ISBN 3-937467-22-X). Hingewiesen sei auch auf eine im selben Verlag erschienene lateinische Nachdichtung von Hermann Wiegand und Walter Sauer (ISBN 3-937467-13-0).

Walter Sauer

Im Verlag Edition Tintenfaß ist
»The Night before Christmas«
(mit dem englischen Original und den Bildern von Thomas Nast)
außerdem in folgenden Ausgaben erschienen:

DEUTSCH:
Als der Nikolaus kam, übersetzt von Erich Kästner. ISBN 3-937467-21-1.

In der Nacht vor dem Christfest, da regte im Haus
sich niemand und nichts, nicht mal eine Maus.

WIENERISCH:
Der Heilige Abend, übersetzt von Hans Werner Sokop. ISBN 3-937467-22-X.

In der Nocht vur dem Christtog, do woas in mein Haus
völlig mucksmauserlstü, s riart si nix, aa ka Maus.

LATEINISCH:
Beate illa nox, übersetzt von Hermann Wiegand und Walter Sauer.
ISBN 3-937467-13-0.

Beata illa nocte silebat iam domus,
Nec animal movetur, ne unus quidem mus.

PENNSYLVANISCH-DEUTSCH:
Die Nacht vor der Grischtdaag, übersetzt von Thomas C. Zimmermann und Solomon Delong. ISBN 3-937467-14-9.

'S waar die Nacht vor der Grischtdaag wie darich's ganz Haus
Verreegt sich kee Dierli, net emol en Maus.

Erhältlich in jeder Buchhandlung und beim Verlag

Edition Tintenfaß
Neckarsteinacher Str. 7
69239 Neckarsteinach
Tel.+Fax: 06229-2322

www.verlag-tintenfass.de
info@verlag-tintenfass.de